U0551559

火鳥的聖歌

小說鄭南榕

李敏勇 著

目次

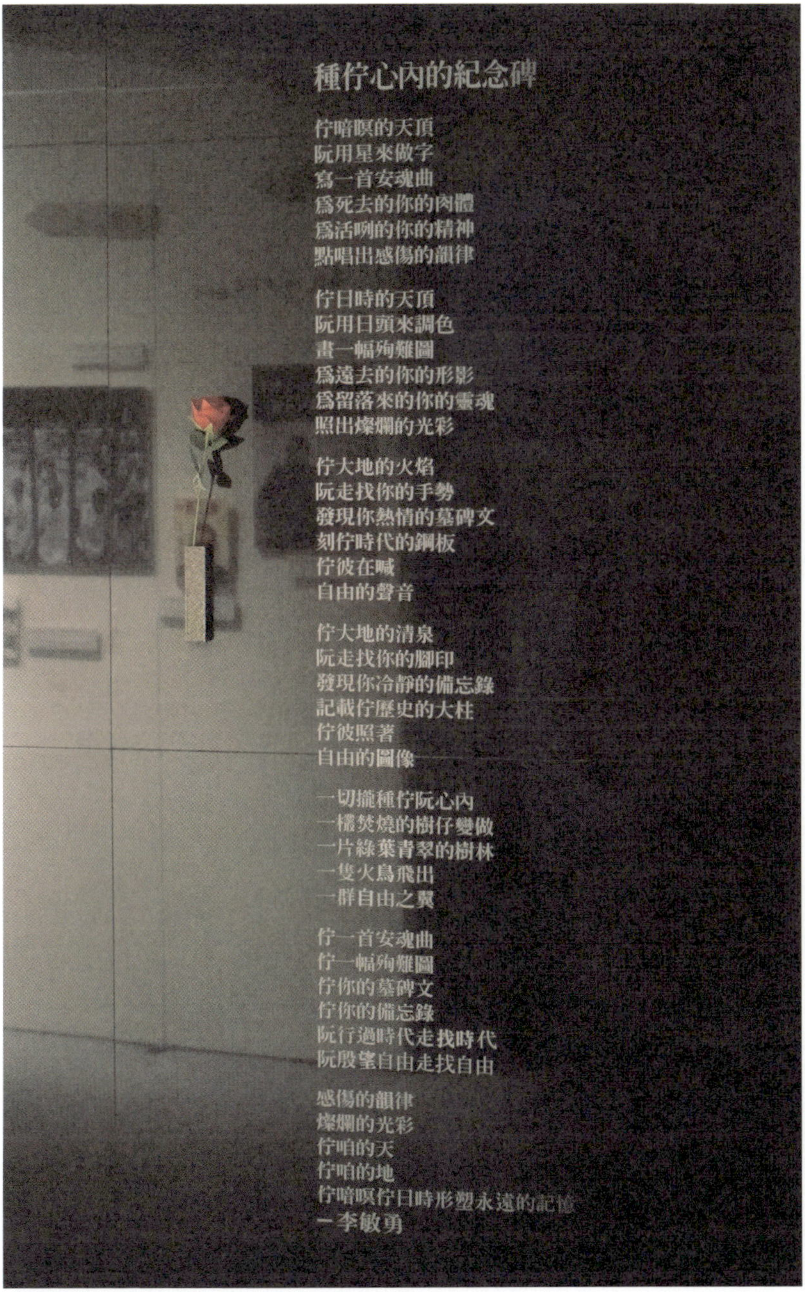

種佇心內的紀念碑

佇暗瞑的天頂
阮用星來做字
寫一首安魂曲
為死去的你的肉體
為活咧的你的精神
點唱出感傷的韻律

佇日時的天頂
阮用日頭來調色
畫一幅殉難圖
為遠去的你的形影
為留落來的你的靈魂
照出燦爛的光彩

佇大地的火焰
阮走找你的手勢
發現你熱情的墓碑文
刻佇時代的鋼板
佇彼在喊
自由的聲音

佇大地的清泉
阮走找你的腳印
發現你冷靜的備忘錄
記載佇歷史的大柱
佇彼照著
自由的圖像

一切攏種佇阮心內
一欉焚燒的樹仔變做
一片綠葉青翠的樹林
一隻火鳥飛出
一群自由之翼

佇一首安魂曲
佇一幅殉難圖
佇你的墓碑文
佇你的備忘錄
阮行過時代走找時代
阮殷望自由走找自由

感傷的韻律
燦爛的光彩
佇咱的天
佇咱的地
佇暗暝佇日時形塑永遠的記憶
—李敏勇

種佇心內的紀念碑

李敏勇

佇暗暝的天頂
阮用星來做字
寫一首安魂曲
為死去的你的肉體
為活咧的你的精神
點唱出感傷的韻律

佇日時的天頂
阮用日頭來調色
畫一幅殉難圖

為遠去的你的形影
為留落來的你的靈魂
照出燦爛的光彩

佇大地的火焰
阮走找你的手勢
發現你熱情的墓碑文
刻佇時代的鋼板
佇彼在喊
自由的聲音
佇大地的清泉

阮走找你的腳印
發現你冷靜的備忘錄
記載佇歷史的大柱
佇彼照著
自由的圖像

一切攏種佇阮心內
一欉焚燒的樹仔變做
一片綠葉青翠的樹林
一隻火鳥飛出
一群自由之翼

佇一首安魂曲
佇一幅殉難圖
佇你的墓碑文
佇你的備忘錄
阮行過時代走找時代
阮殷望自由走找自由

感傷的韻律
燦爛的光彩
佇咱的天
佇咱的地
佇暗暝佇日時形塑永遠的記憶

李敏勇朗誦詩作紀念鄭南榕殉道 33 周年

影片來源：鄭南榕基金會．紀念館

哲學家被處死之時，
山河都將流淚！
——鄭南榕引歐洲古諺

1

火鳥的聖歌

一九八九年一月二十一日，星期六。

離舊曆新年只剩兩個星期。過兩個年的台灣，歲末的感覺更重。比起剛過的新曆年，人們才真正有跨年的氣氛。《自由時代》雜誌社正是出刊後等待下一期出刊的時間，安安靜靜的。

這一天，高檢處以涉嫌叛亂為由向鄭南榕發出傳票，要求他一月二十七日上午九點三十分出庭應訊，同時也限制出境。原本計劃利用年假帶妻子、女兒出國，他已訂了台北—東京—美國的機票，要出國三個星期，這時也無法成行了。

南榕看了看檢方的傳票，在雜誌社總編輯的辦公室位子坐下，點了一支紙菸吸了起來。窗口面向的中山國中，假日特別安靜，只見圍牆外的樹影在微風中飄動。眼前蒙上煙霧，窗外的景象變得模糊，但人生的一幕一幕卻明晰呈現出來。他一面回想，一面思考，往事飄搖在一片一片葉子的光影之中。

他隨即採行了一些處置應變措施，先是買了一張行軍床，計劃就住在雜誌社。這樣即使不出庭，檢方也不能以逃亡之名處理；再就是在雜誌社安裝防禦工事，加裝鐵柵並加上為了防範投入催淚彈的格子網；在門口加裝鐵門，阻礙強制進入拖延時間；準備防禦木棍、照明燈；並且召集了輪流駐守的志工。

為了堅定意志、表達誓死不屈的決心，在總編輯辦公室並放了三桶汽油，還把一支打火機黏在其中一桶，以備緊急之需。

從這一天起，南榕展開了他生命的非常旅程。

他起於一九四七年的人生，彷彿正向著特殊的行程走去。

雜誌社的同事知道他將自我監禁，雖支持他抗拒高檢處傳訊之令，但也擔心其他危急事況。

就要過年了，隨後一些雜誌出刊的事積極作業著。同事們看到南榕在總編輯辦公室氣定神閒，手夾著紙菸一口一口吸著，吐放煙霧，心裡仍難免不安。

南榕偶爾會走出自己的辦公室，到同事的座位旁和大家交換意見。夜晚，留下一些共同守護的志工陪伴。南榕習慣翻閱書籍，睏了就躺在行軍床睡覺。

那晚，南榕夢見在宜蘭羅東中興紙廠的童年。讀小學時，他因被嘲笑是福州人，和同學打架。他也加入一些台灣人夥伴和外省同學打架，自認是台灣人的他，一股勁兒做台灣人該做的事。

他出生的地方是台北市漢口街，後來父親到羅東的中興紙廠福利社開設理髮廳，成為宜蘭人。母親是基隆人，家人曾反對嫁給福州人。小時候，全家在宜蘭羅東生活，兄弟們也在宜蘭從小學唸到初中，升學高中以後才離開。

其實，父親在日本時代就離開福州來台灣，以僑民身份生活，戰後才變成本地人。福州人有三刀：剪頭髮刀、料理菜刀和裁縫剪刀，許多人在理髮店、餐廳和裁縫店發展。南榕的父母親栽培孩子讀書，小孩都很爭氣好學，南榕升高中考上台北的建國中學。

漢口街的印象比較模糊，羅東就清晰多了。中興紙廠流過一條灌溉用圳溝，把宿舍區和廠區分隔起來，還可以看見圳溝的水流有些小魚悠游著。附近的林場辦公區林林蒼翠，有一個浸泡原木的大水塘，也是好玩的地方。

說是福州人或台北人，對南榕來說，不如說是羅東人或宜蘭人。從羅東

1

來台北，不是九彎十八拐的北宜公路，就是火車從看到海到穿越山，丟丟銅仔伊都磅孔內的歌聲常流露出來。

童年往事，歷歷如繪，在紙菸的煙霧中清晰地浮現腦海。

南榕在學校圖書館看文星雜誌，青春的心彷彿被燃燒起來。

2

火鳥的聖歌

讀建中以後，正是《文星》雜誌在知識界攪動保守社會的時代。

一九六〇年代，戒嚴體制反共抗俄的保守氣氛因為知識界的傳統與現代論爭而激起思想的火花。台大的李敖在文星叢刊一本《傳統下的獨白》，激發起長久被壓制的讀書界青年。李敖敢於挑戰體制的文章在青年學生之間，引發許多人的崇拜與覺醒。南榕在學校圖書館看《文星》雜誌，借閱李敖的書，青春的心彷彿被燃燒起來。

大學升學考試，選擇理工科的他被分發到成功大學工業工程系，但第二年，他辦理休學。對哲學的熱情讓他重考，上了輔仁大學哲學系，在那裡他遇見生命中的女人，從哲學系轉法律系的菊蘭。

為了得到心目中所愛之人的心，南榕每一天都寫一封信示愛，並且為了防止其他男同學橫刀奪愛，他乾脆在學校布告欄公布兩人的戀情。

南榕後來插班到台大哲學系，那裡是他認為的思想搖籃。殷海光的思想吸引他，衝擊對保守社會的禁制，他的自由思想在那裡受到更多的啟蒙。但是，他拒絕「國父思想」這門課，也因此未能拿到畢業證書。

一直未得到菊蘭父親同意交往的南榕，在成功嶺服預官役時，菊蘭在苗栗鄉下的一所學校教書。

兩人決定瞞著反對他們在一起的父親，結伴一生。約好一天南榕從成功嶺、菊蘭從苗栗，還有兩位朋友，分別從新竹、桃園，約好搭同一班火車到台北，前往地方法院公證結婚。當天朋友在波麗露請吃午餐，然後分別回家。回家後，菊蘭把結婚證書和結婚戒指偷偷藏起來，那是南榕母親給他的銀戒指。

南榕不顧菊蘭父親的反對，終於克服困難，兩人在台北一起建立家庭，共同生活。被視為外省人，但認為自己是台灣人的他，和客家人菊蘭終成眷屬。

菊蘭進入廣告公司服務，職場順利地開展；南榕的事業則不盡如意，他選擇在家裡照顧他們出生的女兒，陪她成長，並且寫一些東西。

一九七〇年代中期，台灣的國際地位因為中華人民共和國逐漸被承認為中國，台灣的中華民國從被逐出聯合國中國代表的席位，到了後來美國和日本都和中華民國斷交，只維持非國家之間的經貿往來。台灣的政治改革運動逐漸勃興，形成非中國國民黨的黨外力量，為了突破言論禁忌，黨外雜誌紛紛興辦。南榕開始在黨外寫稿。他去雜誌社上班前先送女兒竹梅去幼稚園，從此展開他黨外雜誌的人生。

一九七九年十二月十日晚間的美麗島高雄事件，以國際人權日號召的大遊行，政府以暴鎮引發鎮壓，一時風聲鶴唳，許多黨外參與人士被逮捕，甚至沒有到現場的林義雄律師也被抓。次年的二二八，更發生近乎滅門的血案，林義雄的母親，一對雙胞胎女兒被殺死，大女兒受傷，妻子因去看守所探監，倖免於難。

事件的刺激重擊南榕的心，新的黨外雜誌紛紛創刊。他在《深耕》、《政治家》寫稿，並在立法院旁聽見聞國事。一九八三年，《深耕》停刊，他思前想後，經歷一些黨外雜誌的經驗後，他下了創辦一份黨外雜誌的決定。

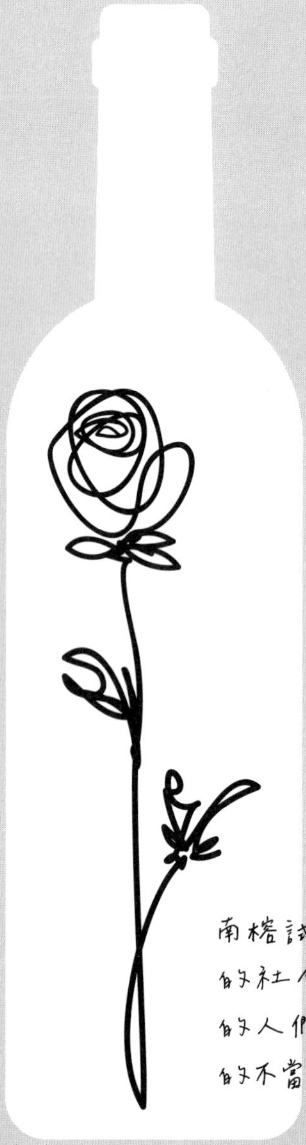

南榕試圖進行以自由為名的社會革命，喚醒被宰制的人們，抵抗威權統治的不當壓迫。

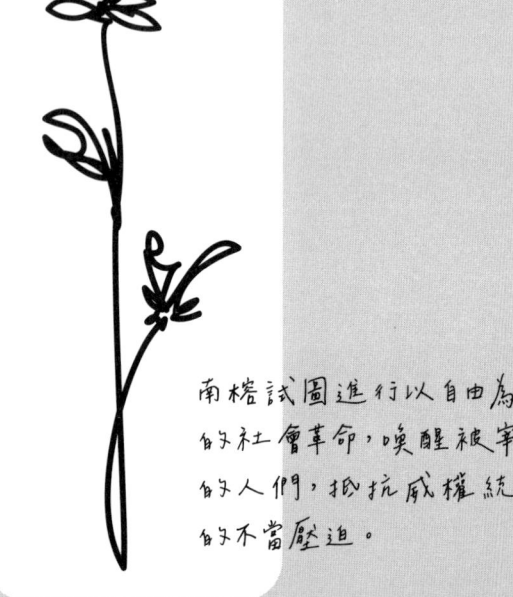

3

火鳥的聖歌

一九八四年春，《自由時代》在他擘劃下創刊。自由，是南榕的核心價值，既是政治也是哲學的。申請了十八張雜誌執照是為了因應查禁的變通靈活策略，而且在陣容上，網羅了讓人眼光一亮的李敖、陳水扁、林世煜掛名總監、社長、發行人，他自己則是創辦人。雜誌封面的 slogan 是「百分之百言論自由」。在那並不自由的時代，《自由時代》以周刊雜誌發行，無疑重重打了統治當局的腦袋瓜。

熟悉行銷與傳播，不只有想法也經過相當社會歷練的他，為雜誌建立印刷、裝運、行銷管道，在一九八四年三月創刊。這一年，正是英國作家喬治．歐威爾小說《一九八四》應驗的年代。一九四九年出版的這部小說，以虛構的年代描述極權主義、權力過度擴大、統治者對社會的極端壓抑控制，在台灣的黨國戒嚴體制顯現出來。南榕試圖進行以自由為名的社會革命，喚醒被宰制的人們，抵抗威權統治的不當壓迫。

美麗島事件，一些黨外人士被關，但是民主運動的潮流並沒有被遏止。許多黨外人士紛紛經由選舉進入權力體制衝撞，但南榕的政治是文化性的，他追求意義的覺醒、意識的覺醒；他的政治也是社會性的，他選擇在體制外抗爭，透過資訊的公開、傳達，他想要解構不當統治體制。

他在雜誌批判政局，對於內外交迫的小蔣政權形成極大壓力。蔣家秘辛，黨政軍的不當權力作為，在雜誌的披露下傳聞於市井，神秘面紗下的權力惡臭觸怒黨國體制的侍從、共犯結構群。雜誌每周幾萬本幾萬本在市面流通，帶來南榕事業的成功。面對查禁的無所不用其極，南榕和伙伴們在印製、發行，採取了許多救濟措施，甚至分散印製地，並為因應警總人員在高速公路出口攔檢，還利用棺木運送，或把印刷圖版藏在蔬菜中運送。

把哲學的思辨用於實證，南榕以「行動思想家」自喻。他從雜誌社走向群眾，除了宣揚理念，也以實際行動介入社會。他不只批評中國國民黨，對黨外政治人物也一樣檢視。特立獨行的他揮舞自由之旗前行。

他想起批評張德銘「官商勾結」被以違反《選罷法》關了八個月的事。那是一九八六年，同樣黨外陣營的律師，正在競選台北市議員，在雜誌上批評當律師的黨外人士介入航空公司桃園機場聯外道路工程計劃，被控「意圖使人不當選」，判了八個月徒刑。他以「審判我就是審判新聞自由」辯護。

當局逮捕他，實際上是發動五一九綠色行動在龍山寺的靜坐抗爭。

入獄第三天，他開始寫獄中日記，第一天寫上「哲學家被處死之時，山河都將流淚！」這句改寫歐洲古諺的話語。八個月的時間，他讀書、思考、接見律師和許多來探看的朋友。雜誌仍正常運作、出版。第兩百三十六天，他留下：「我們是小國小民，但是我們是好國好人。」

在六本筆記簿封面，他都寫下「千秋萬世名，寂寞身後事」，是杜甫夢李白的詩句。還留下「台北縣土城鄉23260立德新村立德路2號附2280信箱，或孝三舍2280」的註記。出生於一九四七年，正是二二八事件發生。某種意義上，這是戰後台灣悲劇性開端，許多台灣知識份子、文化人被屠殺，沉默於歷史的陰影裡，戒嚴統治體制以反共為名，實際上是壓制台灣社會，也迫害和流亡政權一起從中國來台的外省人，一些異議份子被冠上匪諜之名或治以知匪不報之罪，鞏固蔣氏黨國。

3

台灣本來就是個大監牢，
被戒嚴令牢住了。

4

火鳥的聖歌

他想到《獄中日記》留下的思考以及行動構想。拿出筆記本，翻閱到自己以「台灣人民自決的理論與實際」為題，留下這些想法：

自決——解決台灣國際地位的錯亂（對外）

——解決統治的合法性（對內）

——自決本身只係一個民主程序

——能夠自決的選擇：獨立、統一、邦聯、「德國模式」（國民黨式的獨立）

在這些想法下面，南榕看到自己以「AD CATCH 試擬」為題的方案。

這是廣告人習慣的作法，意思是：廣告標題。廣告的 advertisement 常被簡稱為AD，廣告文案的標題常稱 catchphrase，意即抓住閱聽者的句子。

南榕是有行銷與傳播訓練的人，他曾經運用於一些事業的經營，用在創辦黨外雜誌得心應手。加上他特具的社會理念與政治觀照，《自由時代》系列周刊受到許多人的重視，具有特別的市場條件，雜誌的特別企劃主題常引起重大效應。

他想起在土城看守所時來看他們的人，除了家人和菊蘭、竹梅，律師群，雜誌社的同事，一些編聯會的朋友，投入選舉的朋友。他也關心組黨之事，批評蔣經國以為阻止組黨讓黨外鷸蚌相爭可以漁翁得利，其實得利的是老共。有一回，他寫下：「如果台灣政治問題不解決，早出獄與晚出獄並無差別，台灣本來就是個大監牢，被戒嚴令牢住了。」

入獄時，竹梅和菊蘭一起來看他，知道爸爸洗冷水澡還問會怕冷嗎？小小年紀就為爸爸入獄的生活擔心。他每一次都會問竹梅學校的成績，因為注音符號和英語拼音搞混了曾困擾竹梅，看著她逐漸適應，成績進步，覺得很高興。竹梅也帶過她好幾張畫來，還送他一條自己作的紙船，名為「爸爸號」。

許多想法是在看守所思考出來的，譬如寫一本小說，以台灣情治人員為經，以中國國民黨和黨外為緯，描寫獨裁心態的情治人員和民主心態的情治人員，時間設定在中壢事件到美麗島事件期間，他構思布局，資料找李敖協助，由寫作小組操刀。

有一天，在筆記簿寫了「文明基金會」的構想：引介世界經典名著，翻譯或翻印出版，由有意人士捐贈基金。並以藍色筆寫下：「我們不是放下武器，只是放下敵意。」並加註了：「和解」的意義。

許多黨外雜誌停刊、歇業，南榕慶幸自己人在牢中，《自由時代》依然強壯不息。

他在《自由時代》第一五〇期出版時，寫下得意之事：

1. 連載江南案與蔣經國，不但賺錢，而且打破前所未有的「尺度」。
2. 發起五一九綠色行動抗議台灣長期戒嚴。
3. 公開招募台灣民主黨黨員。
4. 江南命案「捨命」報導。
5. 被張德銘控告違反《選罷法》未判先入獄。

南榕的台灣民主黨創黨之意其實促成民主進步黨的成立。在獄中他仍是黨外。

他設定《自由時代》新年度以每周一萬兩千到一萬四千本為目標。但他擔心若解嚴，不再查禁時，黨外雜誌會競爭不過採中立的兩大報系，須及早籌謀。另出版叢書，包括小說。

南榕認為必須突出《自由時代》周刊的優點，才能因應競爭。

他在筆記本寫下：1.永遠沒有停止——不因老板選舉停刊，不因老板入獄停刊，不因舉辦政治活動五一九停刊，也不因警總壓力太大而停刊。2.永遠不會向壓迫新聞自由的法律投降。

一九八七年一月二十四日，出獄前，被關了兩百三十六天的南榕在筆記簿寫下「一五四期被衝兩萬本」。帶著獄中思考，以及「我們是小國小民，但是，我們是好國好人—— Basic theme for future of Taiwan.」他離開監獄。

4

做一個鷹派黨外，
鷹派之途無他，
永不屈服而已。

5

火鳥的聖歌

出獄時，南榕想起入獄前一年的五一九綠色行動。

一九四九年五月十九日，即將從中國被逐出的中華民國統治當局對台灣發布戒嚴令，即軍事統治之意。那期間，正是二二八事件後清鄉之期，也是中華民國政府為流亡台灣鋪路之時，預行清除共產黨份子以免後患也是原因。戒嚴統治體制維繫中國國民黨在台灣的政權，緊急措施成為政治日常，加上「動員勘亂時期臨時條款」，賦予了蔣氏黨國絕對權力。戒嚴令不除，台灣彷彿被牢牢地宰制著。

一九七九年十二月十日，發生於高雄的美麗島事件，一群參與者或黨國統治眼中釘被軍事審判，即因為戒嚴時期的統治法令所致。台灣追求民主改革，若不解除戒嚴統治，無異緣木求魚。一九八六年初，南榕與江鵬堅、李敖計劃發動廢除戒嚴的集會，那時台灣已被戒護三十七年。

南榕和江鵬堅、江蓋世籌劃在艋舺龍山寺廣場的集會，並且在《自由時代》周刊以「五一九綠色行動」宣傳號召群眾。謝長廷與曾同為台北市議會議員的陳水扁也參與了這項行動。群眾聚集在龍山寺廣場，與警方對峙十二小時。原本以為戒嚴時期參與群眾不會多，但大力宣傳號召下，響應的人數超乎想像，靜坐的群眾和圍觀的群眾蔚成奇觀。《News Weekly》和《TIMES》也都報導，事件傳播到全世界。

當時，正是菲律賓人民革命推翻了長期獨裁的馬可仕政權，國際媒體的注目成為台灣政治改革運動的鼓舞力量。以鷹派自恃的南榕對妥協力量不以為然，他寫在獄中筆記簿的一段話浮現眼前：「做一個鷹派黨外，鷹派之途無他，永不屈服而已。」

南榕認為戒嚴令是台灣的綑身索，不解除戒嚴，民主化運動事事受到壓制，無法自由開展。看到菲律賓人民革命成功推翻馬可仕獨裁政權，台灣若還被戒嚴綁手綁腳，民主運動將無法成功。

但回溯歷史，二二八事件才是台灣人意志與感情死滅的原點。當年，一九四七年二月二十七日發生於台北市延平北路天馬茶房前，查緝婦人林江邁私菸引發的事件，其實是台灣人不滿曾經期待的祖國，入據台灣以後的倒行逆施，把台灣當作接收地，進行類殖民統治，在前總督府以行政長官公署治理台灣，剝奪台灣人期待的自治，大量剝削導致民生困頓，引發民怨，蔓延全台怒火。

台灣人知識份子文化精英被牽連，大多被屠殺，應該是為日後流亡台灣的政權預行政治整備。被日本殖民五十年的台灣，已發展出比中國更現代化的條件，若不先行拆除障礙，會危及政權。期待祖國，但被祖國傷害，這種悲劇性開端延伸的歷史，中國國民黨以台制台的策略是取用半山台灣人為統治伙伴，後來被以共犯結構、分贓體系形容的還包括新吸收的台灣人，從蔣介石時代的半山們，到蔣經國時代已是中國青年反共救國團培養出來的台灣人。戒嚴控制了人們的心靈，導向人民「有耳無嘴」，朝向利己主義、明哲保身發展。某種意義上，中小企業的勃勃就是得力於這種自力救濟，或自「利」救濟，這也支持了經濟發展的榮景。

「來來來，來台大;去去去，去美國」，但南榕堅持留在台灣這塊土地。他在獄中還寫下註記，以＊號標記「絕不留學、絕不移民的決心」，是因為這樣的信念，他才致力於《自由時代》的經營，以及透過社會運動促成政治改革。

他想到自己出生那年正是二二八事件發生之年，他也是二二八之子，在許多人犧牲的土地上開啟新生命之途，想到歷史存在的芥蒂以及台灣人和外省人之間的隔閡，想到台灣的共同發展，想要為二二八事件做些什麼。

追索被埋冤的歷史，
台灣才能真正走向未來。

6

火鳥的聖歌

出獄後，他思考推動追索二二八事件。先是和許天賢牧師餐敍時，談到二二八禁忌要突破，並對一九八〇年二二八被遺忘，表示難過，想要推動紀念二二八的全台街頭抗議。

二月初，他找陳永興和李勝雄討論，決定以「二二八和平運動」為主題，在二二八事件四十周年發起串連全台的社會運動，成立「二二八和平日促進會」，由陳永興出任會長，李勝雄擔任副會長，他自己擔任秘書長，會址設於自由時代雜誌社。台灣人權促進會成立於一九八四年，為救援美麗島事件受難人成立的團體，創會會長江鵬堅已出任剛成立的民主進步黨主席，陳永興繼任會長。

精神科醫師的陳永興一向熱心公共事務，剛從美國柏克萊加州大學進修回來。他在美國的大學圖書館翻閱一些在台灣被掩埋的二二八事件史料，從精神科醫師的角度思考重建台灣人的人格，認為必須經由二二八事件的追索。李勝雄是美麗島事件辯護律師，關心人權課題，是台灣人權促進會副會長。鄭南榕以秘書長推動相關事務，這個計劃很快就獲得海內外五十多個團體連署加入。

有一晚，鄭南榕去陳永興家開會，結束後在安和路巷子遭到突襲，受了一點皮肉傷。顯然，情治單位無孔不入也掌握了動向，對相關人士進行威嚇。但運動並未受到影響，持續進行。第一場暖身活動於二月十四日晚間，在台北市大同區的日新國小舉行，公開要求政府：公布事件經過、平反錯誤審判、撫慰受難者，並訂每年二月二十八日為「二二八和平日」。二月十五日，在台南的活動與高李麗珍服務處合辦，一路遊行到民生綠園圓環，湯德章律師在此遇難。

二二八和平運動從南到北都受到鎮暴部隊干預，在嘉義、彰化，有些參與遊行的群眾被鎮暴部隊打得頭破血流，各地的紀念活動由當地的民進黨公職人員協助配合舉辦，一時沉冤的歷史被攤在陽光下。二月二十八日上午，一群人到東湖一處面對高速公路的山坡上，林宗義提供的一塊地，舉行二二八紀念碑的籌建儀式。當年受難者林茂生教授的長子林宗義，是在加拿大的大學任教的精神科醫師，參與事件的追索。詩人李敏勇在現場朗讀了他為二二八事件所寫的一首詩〈這一工，咱來種一欉樹仔〉，他出生於事件發生之年。當晚，在延平北路的永樂國小演講會後，群眾手持黃菊花一路遊行到淡水河十三號水門祭拜二二八事件犧牲亡魂。

二二八和平運動後來以公義和平運動之名，強化了歷史的反思，台灣基督長老教會的參與加強了主題。一九七一年，中華民國被逐出聯合國時，台灣基督長老教會就發表關心台灣前途的「國是聲明」；一九七五年，發布第二次國是聲明；一九七七年，發布「人權宣言」。在台灣前途的關鍵時刻，台灣基督長老教會都會挺身而出，發表聲明。許多長老教會牧師也參與台灣的政治改革運動，顯現淑世性。

參與二二八事件的歷史反思其實是一種自我重建的努力。他從小就感受到歷史的陰影和掩埋在暗夜的台灣人的心。期待祖國，卻死滅於祖國的殺戮。政府用高壓統治壓制人民，藉著戒嚴體制、反共國策，綁架台灣人的心靈，但其實是不安的。

他看到被壓抑的台灣人站起來，走出來，但也看到許多二二八事件受難家屬仍然充滿恐懼、不安。回想自己小時候，常因被指為外省人而和同學吵架，甚至打起來，自認自己是台灣人的他深知被悲情歷史壓抑的傷痛和憤恨。追索二二八事件被埋冤的歷史，台灣才能真正走向未來，共同建構新社會，展望國家新路。

我是鄭南榕，
我主張台灣獨立！

7

火鳥的聖歌

南榕公開倡議「台灣獨立」是一九八七年四月十六日，在台北金華國中操場的一場晚會。

他在演講台上，高聲說：「我是鄭南榕，我主張台灣獨立！」引起全場群眾的歡呼。後來，他也在一些公開場合演講，說：「我是一位外省人，我主張台灣獨立！」

外省人倡議台灣獨立，主張台灣獨立，是參與台灣新共同體建構重要的動力。《自由中國》雷震的時代，一些外省人精英曾有「中華台灣民主國」之議，試圖為流亡來台灣形同殖民政權，又因中國共產黨以中華人民共和國承繼中華民國，打著「解放台灣」的旗號要侵犯台灣，主張改弦易轍，另行重建國家，但都不被蔣政權接納，反而都成了黨國眼中釘。漢賊不兩立，已因國際形勢丕變，漢在彼，賊在己。從中華民國被逐出聯合國，中國由中華人民共和國取而代之，蔣政權墨守不變只會將台灣帶向末路困境。

應該要有更多外省人參與倡議台灣獨立，新的國家建構才能真正成功。他看到外省人精英大多只想移民，一些黨政軍權貴子弟大學畢業後紛紛去美國，只留下在政府機構任職的家長在台灣，成為被批評的「牙刷主義者」，被嘲諷的現象極為普遍。後來，台灣人自己的子弟也一樣紛紛離開自己的國度，去美國留學後就拿綠卡留在他鄉異國了。

美麗島事件後，台灣社會從二二八事件後就蹲伏下來的景況有了改變，站起來的人多了。許多人參與選舉，希望透過政治去改變國家。體制內改革或改革體制的不同路線都有人主張，選舉路線和社會運動路線都有人堅持。

其實，兩種路線應該相輔相成，但是體制內改革的選舉路線會讓人消耗在權力名位，改革體制的社會運動路線又容易被指責冒進。過度執於政治而輕忽文化，沒有形成充分的覺醒，只消耗在黨國體制被迫釋出的增補權力位置，模糊了政治改革運動的視野。

一九八七年十一月九日，民主進步黨在國賓大飯店舉行第二屆全國黨員代表大會時，南榕雖非黨員，但也到會場。《自由時代》主事者的他，為了促成組黨，曾經申請加入在美國成立的台灣民主黨，成為第一號黨員。一九八六年九月二十八日，民主進步黨在圓山大飯店成立時，他在獄中。民主進步黨第二屆全國黨員代表大會，他當然不會錯過。

他準備了人在美國的台灣獨立理論家、先驅者陳隆志的一本書《台灣獨立的展望》在會場發送，引起朱高正不滿，以南榕並非黨員而制止他。南榕摑了朱高正一個耳光，大聲說：「我要為台灣人摑你一個耳光！」兩人衝突中，朱高正的人馬用椅子、茶杯摔向他，導致他頭破血流。當時，朱高正號稱民進黨第一戰艦，在立法院以打架聞名，常口出驚人，聲勢如日中天，德國留學回來，喜歡引用康德哲學，傳聞中有一些不為人知的底細。

不是民主進步黨黨員，但南榕寄望這個黨，自己在黨外扮演促進的角色，也是監督的角色。曾經極力鼓吹組黨，他曾經引菲律賓人民的力量和韓國百萬人簽名修憲請願撼動獨裁政權的例子，證明社會力量的重要，但也強烈訴求組黨。

一九八六年九月二十八日，一百三十五位黨外人士以「一九八六黨外選舉後援會」名義，在台北圓山大飯店公開宣布成立民主進步黨，展開了台灣民主時代的新里程。從此，黨外走進民主進步黨，走向以政黨政治為名挑戰一黨專政的新時代。

從二二八事件以後就蹲
伏下來的台灣人，被扭曲
成有耳無嘴的明哲保身者。

8

火鳥的聖歌

一九八六年在龍山寺廣場的五一九綠色行動，從上午十時到晚上十時，鎮暴警察包圍了現場。一九八七年又延續了一次，這次是在孫文紀念館廣場。韓國對全斗煥的抗爭、菲律賓推翻馬可仕政權的黃色革命，促成了南榕的發想。龍山寺一役引發效應，但執政的中國國民黨在考量解除戒嚴時，推動《國家安全法》配套，不同於民間「100% 解嚴、100% 回歸憲政」的要求。南榕與民主進步黨合作，又一次抗爭。

那一天，孫文紀念館廣場被拒馬、蛇籠層層包圍著。忠孝東路四段臨近孫文紀念館一帶聚集著從台灣各區域來到現場關心的人們，光復南路這一邊也一樣，面對廣場西側門的麥當勞速食店湧入許多人，但有一些店家關門了。東側逸仙路兩旁臨忠孝東路和仁愛路也被封鎖。抗爭的群眾湧入廣場，圍觀的人潮擠得水洩不通。

8

戒嚴統治自一九四九年實施到一九八七年結束。近四十年，堪稱世界最長期的戒嚴，形同軍事統治，一切異議都可能被以叛亂罪處理，台灣像被統治權力壓迫著。解嚴後，管制仍在，從二二八事件以後就蹲伏下來的台灣人，被扭曲成有耳無嘴的明哲保身者。戒嚴配合黨國體制藉著反共及反攻的國策，蔣氏父子壟控了一切。但國際形勢丕變，中華人民共和國已在國際上取代中華民國，代表中國。一些海外的左派意識論者常被中華人民共和國邀訪，而附和黨國體制的保守右翼，以反共愛國之名集結，不滿黨國體制「吹台青」。繼承蔣介石權力的蔣經國雖然有「革新保台」的口號，但仍是兩手策略，加上他病況纏身，周邊的不同勢力也陽奉陰違，各有盤算。

解嚴勢必推進民主化速度，美麗島事件後的政治局勢變化，加上韓國和菲律賓政局的演變，中國國民黨內軍系勢力似有強出頭的徵象。蔣經國原倚賴李煥、王昇，但忌殫兩人位高權重，都拔掉位子。王昇這時外放巴拉圭當大使；李煥任中山大學校長。而軍系的郝柏村為參謀總長已取代王昇之勢力。《國安法》取代戒嚴解除後的禁制條件，破壞了解嚴的意義，將阻礙民主化發展。

來自台灣各地，從黨外發展到民主進步黨的地方組織動員了各地的支持群眾參與了新的五一九綠色行動，不只國內媒體，國際媒體也極為重視，群眾運動的規模浩大，時間也久。從白日到黑夜，抗爭群眾和鎮暴警察僵持對陣，一個接一個參與的民主進步黨人上台演講，陳述反對戒嚴解除後另訂《國安法》的措施。鎮暴警察在一旁注視，在一旁圍觀，既是監視也是旁聽。入夜後，彷彿星星也從天空俯看著。

8

超過十二小時的對峙，群眾疲倦了，鎮暴警察也疲倦了。

南榕從孫文紀念館走回家，他從忠孝東路四段向西行走，沿著騎樓，一路也有散去的人群，有人向他打招呼。

這部憲法思考台灣歷史構造形成的族群問題，是思考重建台灣這個國家的一種視野。

9

火鳥的聖歌

在《自由時代》刊登許世楷的「台灣共和國憲法草案」是在日本與許世楷初識後不久的事。

一九八八年夏天，南榕去日本，台灣獨立建國聯盟的一些人在東京中野的一家日本料理店招待他。南榕在許世楷家過夜，兩人徹夜長談。之前，兩人僅在電話中談過話，是他擔任台獨聯盟主席時，主張「海外返鄉普遍化、島內台獨主張化」，江蓋世越洋訪問後，南榕又來電採訪。

南榕在東京，也見了黃昭堂。

幾天後，兩人在美國南加州又相見。許世楷接南榕到他孩子位於Santa Monica的家，兩人在海邊散步，談台獨聯盟在海外的工作。許世楷開車送南榕到 Montreal Park 赴史明的約，那是南榕第一次見史明。許世楷邀南榕參加幾天後台獨聯盟在紐約舉行的建國會，這是張燦鍙擔任主席時成立建國委員會找來海內外台獨人士共商大計的會議。

短短幾天，南榕和許世楷在東京、洛杉磯和紐約見了三次面。兩人在紐約分手時，相約農曆春節在東京相會，許世楷請他帶妻子、女兒一起來日本旅遊，住他家。

南榕這次出國，收集了許多台獨聯盟的資料，包括「台灣共和國憲法草案」。這個草案是許世楷和黃昭堂奉組織之命起草，經中央委員會討論，以時機不對、須補充內容，擱置了。很多參與者，幾乎都擱置了文件。南榕向黃昭堂索取，但黃昭堂認為能夠實踐的才真實，無法實踐的只是虛幻，沒有答應。而且，在狹窄的住屋要翻箱倒櫃找資料也麻煩，還要補充的內容非常多，而沒有提供。南榕從張燦鍙那裡拿到一份。

有一晚，南榕打電話給人在東京的許世楷說雜誌要刊登「台灣共和國憲法草案」，許世楷以那是未定案的舊資料為由說不宜。南榕說，黃華等人的新國家運動環台行軍，返回台北時，要有一個結果，堅持刊登。許世楷連夜修改，隔天一早，傳真到雜誌社給南榕，當期就刊登出來了。

這一天是一九八八年十二月十日，國際人權日。

在國際人權日出刊的《自由時代》刊登「台灣共和國憲法草案」竟成了涉嫌叛亂犯，而且這時台灣已解除戒嚴，對自由是多麼諷刺的事。這部憲法構想特別思考台灣特殊歷史構造形成的四種族群問題，兼顧了河洛人、客家人、原住民以及戰後移入新住民在共同體的權利，是思考重建台灣這個國家的一種視野。雖然尚未在台灣獨立建國聯盟得到共識，但值得提出來。

9

他要挺身而出，付出「我是
鄭南榕，我主張台灣獨立！」
的良心宣言行動。

10

火鳥的聖歌

南榕在書架上查看了「自由時代系列叢書」，已出版的二十多冊都是他在周刊雜誌之外，以書籍方式突破雜誌的時間性，這也是他的出版志向。從第一本謝聰敏的《談景美軍法看守所》開始，蔣介石相關的多本秘聞，到王育德《台灣：苦悶的歷史》、陳隆志《台灣獨立的展望》、林濁水《賤民？福爾摩沙人的悲歌》……他也出版了史明的《台灣人四百年史》，突破禁忌的閱讀視野。

在《韓國學生運動史》這本列入叢書第二十號的書冊前，他拿出來，看了紅色封面上的圖文，翻到作者李在五的書序，標示了他自一九六四年開始寫解放後到一九八〇年代的韓國學生運動。一九六四年，正是彭明敏師生三人發表「台灣人民自救運動宣言」的年代，台灣在戒嚴、反共時期儘管有《台灣文藝》和《笠》詩刊的本土文學運動，但社會力其實向經濟發展的肉體論傾斜，大學菁英的「來來來，來台大；去去去，去美國」成為風潮。大學生普遍著重經濟的出路，不關心政治，許多學生被誘惑加入中國國民黨。一些是虛應以對；一些則是臣服謀利。

二戰後朝鮮從被日本殖民解放，「解放」（liberation）是當時知識份子愛用的詞語，源於舊俄斯拉夫對農奴的自由化概念，後來成為共產黨擅用、具有宣傳力的語詞，常見於二戰後，被殖民地獨立的表述語詞。戰後獨立的朝鮮，因左右意識衝突，發生內戰分裂為南韓和北朝分別依恃著自由資本主義陣營和共產陣營。北朝在禁制下，黨國一體；南韓既是自由資本主義國家，卻又在右翼專制被束縛。韓國學生運動指的是南韓，既有民主運動性，也有統一論的民族主義信仰。

韓國的統一論和台灣的獨立論意義一樣，都是恢復到戰前國家狀況。台灣是早已被清帝國以敗戰賠償割讓之地，形成不同於清帝國及其後中華民國的國度，何況中華民國又已被中華人民共和國取代。但在台灣的中華民國扶其流亡政權，以「反共」為名，行戒嚴專制之實長時期，台灣的學生只有黨國體制的救國團活動而沒有運動，或沉溺專注於經濟利益追逐。

在黨國體制下的台灣，只有附和黨國的右傾性，社會沒有左翼力量。左翼、左派，被歸為共產黨同路人，會被治以匪諜罪名。相對韓國學生熱烈參與社會運動，台灣學生形同溫室花朵。台灣的一流大學為了培養人才送去美國，和戰後世界各個民主陣營國家大學生熱衷於參與社會改革的淑世性是不同的。

他翻開書中的序論，在「學生是什麼？」的章節，看到自己以紅筆畫線的行句：

「由於不能脫離從封建社會延續下來之儒教習氣的影響，以及對『學生』的錯誤認識，而把『學生』從現實中隔離，從歷史的現場中轉變成為旁觀者。」

「隨著社會的發展，市民階級逐漸嶄露頭角。……教育不再是貴族階級的專屬品，而應該成為每一個市民的權利。……根據自由平等的思想，使每一個市民都有受教育的機會，使其具有充足的教養與知識，能夠建設更完善的社會。」

「學生是近代社會的產物，是青年、是集體追求學問探討真理的社會人。……在建設近代民主社會方面，他們更是不可或缺的中流砥柱。」

「歷史不是一定和時代支配者的統治意志一致發展的，任誰也無法阻止歷史發展的方向和變化……」

他想到，台灣不同於韓國的是：在台灣這個以「中華民國」為名的國家，並非台灣的國家。

翻閱到一九七五年春天，漢城大學農學院學生總會發表勸朴大統領和執政黨改善鎮壓校園及社會不合理現象宣言後，有多名學生被捕後的一場示威，演說學生金相鎮朗讀「良心宣言」後，舉出藏在衣服中的小刀，朝自己腹部刺入，倒地後送醫不治，留下「給大統領的公開信」這封遺書，留下「渴望國土開出永遠的民主主義花朵的大韓民族……」這樣的動人話語。

事件後，漢城大學校長辭職，治安本部長及警察首長更換。持續的追悼事件，引發更大規模的學生示威，學生運動一波又一波，累積了歷史性的意義。

韓國經驗讓南榕感觸良多，他覺得自己也要有挺身而出，付出「我是鄭南榕，我主張台灣獨立！」的良心宣言相關行動。

南榕誓言以生命維護自己的信念，作為父親，他既為孩子憂慮，也感到驕傲。

11

火鳥的聖歌

自我封鎖在雜誌社期間，常有朋友來關心，大家對誓言以身相殉的南榕既感佩又不捨。想勸說他留得青山在，但看他義無反顧的神情，又不知如何以對，只能記憶他的神情。

過舊曆年時，妻子菊蘭和女兒竹梅都來了，父母也從羅東過來，加上幾位弟弟，一起圍爐。南榕看著他們，彷彿看到許多話語忍在他們心中。偶爾流露出家人的不捨，他也只微笑以對。

從福州來到台灣，在台灣從中國人成為台灣人，父親腳踏實地，勤儉持家。因為他們不是黨政軍特團體仰賴控制國家機器，才能形成認同台灣的心。

一家人都很擔心南榕的處境，深知他的堅定的性格，不知道事情會如何發展。心裡期待著狀況會緩和下來，也許政府當局會有彈性處置方式。畢竟，一個人的生命是重要的。但也擔心南榕的困境是絕路，他的生命或將因為統治權力的任恣而犧牲。

二二八事件發生時的經歷一幕一幕回到眼前，那時南榕還在媽媽的肚子裡，一個要在台灣誕生的新生命，出生前就命定面對歷史的困頓，烙印政治的血淚形跡。

當年，南榕父母住在艋舺，距二二八事件發生地延平北路的天馬茶房很近。事件起因於查緝私菸引起的槍擊意外，蔓延開來是戰後中華民國接收台灣後倒行逆施、貪贓枉法、物價飛漲導致的民怨爆發。台灣人歡迎祖國，但祖國設台灣行政長官公署的治理形同殖民統治。所謂的亞洲第一個民主國家，其實是比殖民者日本法治更敗壞的統治者。

歡迎國軍登陸基隆時，軍人的襤褸景象原被台灣人以八年抗戰留下的形影釋懷，但一年多的經驗，有苦難言。一九四七年二月二十八日這一天燃起的怒火，從台北一路沿著火車南下，轉眼全台灣都騷亂起來。

被當作外省人的鄭家在艋舺也遭遇困境，但台灣人鄰居保護了他們。南榕的父親早於日本時代就以僑民身份來台生活過，戰後他再到台灣，與接收進佔者不同，加上他娶了基隆女子，以理髮為業，沒有殖民者的心態。他只想奉公守法，安居樂業，栽培孩子們成長，正常地生活。

南榕的人生面對必須自我封鎖並誓言以生命維護自己的信念，作為父親的他，既為孩子憂慮，也感到驕傲。南榕畢竟是不平凡的人，也是不平凡的孩子。

舊曆新年，原本一家人會回到父母在宜蘭羅東的家團聚，如今，卻大夥兒來到雜誌社圍爐。南榕一如往常，他知道家人的心意，感受到藏在他們內心沒有表現出來的憂心。父母只想幾個孩子都爭氣，有自己的事業和家庭。妻子菊蘭儘量壓抑藏在心裡的憂慮，她看著女兒竹梅和南榕在一起，一家人一起的情景拍攝在腦海裡。

除夕，照例要過了午夜，才入睡。聽見戶外傳來鞭炮聲，是拜天公生的習俗，此起彼落，但他們只是幾個聚落交談著。

Over My Dead Body，像火
鳥給予王子的一支羽毛，會
成為台灣之鑰，開啟新國
家的序曲。

12

火鳥的聖歌

一九八九年四月七日這一天，一大早，自由時代雜誌社樓下的巷道就出現異常的狀況，中山國中旁的巷子停了警車。比平常提早一小時，八點就來上班的美緣，在南榕開門後進入雜誌社，大叫：「大家快起來，警察來抓人了！」雜誌社的十線電話全部亮紅光，無法打通。睡在總編輯室的竹梅，被叫醒後兩眼惺忪，南榕要她跟著阿姨走。連同睡在圖書室剛被叫醒的阿基，七個人帶著竹梅往圖書室走。前門已圍堵了警方人員，一群雜誌社人員從圖書室的窗口沿防火巷離開。

台北市中山分局局長王郡，宣達了拘提傳票，隨行的刑警組長侯友宜執行拘提行動，率員警踹踢破壞大門。一瞬間，雜誌社總編輯辦公室燃起大火，南榕的眼前，妻子菊蘭、女兒竹梅的形影浮現，她倆是他生命中最重要的人，但他有更重要的行動要實踐，她們終將會了解他的。員警衝進去時，南榕已成焦黑的屍體。而侯友宜以成功執行拘提任務，留下職業生涯抹拭不了的印記。

在那一瞬間，南榕就如浴火鳳凰。郭沫若引喻西方神話菲尼克斯（Phoenix），亦即不死鳥集香木自焚，再從死灰中再生。郭沫若對中國的自由解放以及自由、平等新社會，寄託在詩歌《鳳凰涅槃》，而南榕則以自己的生命實踐「焚而不燬」的精神。

他的自囚剛好進入第七十一天。曾經留下「Over my dead body!」豪語的鄭南榕，看了他自己寫下的一段話：「獨立是台灣唯一的活路，國民黨不能逮捕到我，只能抓到我的屍體。台灣人和從中國來的人們有難以解決的遺恨。但是，無論如何此遺恨非化解不可。若不建立台灣，台灣無法達成真正民主化。台灣須以一個獨立國家獲世界各國承認，必須經由公民投票決定台灣的獨立。」

曾被以外省人看待，出生於一九四七年的南榕自認是台灣人。小時候，曾因「外省人」而與同學吵架，但也和台灣人一起跟外省人吵架。他深知台灣社會的族群陰影，想推動二二八公義和平運動化解矛盾。更重要的是：經由民主化的努力，重建新的國家。在《自由時代》刊登許世楷的「台灣共和國憲法草案」，是為了提供新國家的想像。一個不同於殘餘中國，糾葛在中華人民共和國承續意圖的國家，屬於生活在台灣的全體人民。

他想起古老俄羅斯火鳥的童話，史特勞汶斯基改編的芭蕾舞劇，在腦海浮現：伊凡王子打獵時，誤入魔法師卡斯奇的森林花園，看到美麗的火鳥，驚喜地捉住牠。火鳥哀求放走牠，會給一根金羽毛，王子遇到危險時會解救他。火鳥代表善，卡斯奇是惡。在森林花園中，迷失的過路者會被囚禁在古堡牢中，甚至變成一座石像。伊凡王子被卡斯奇魔王捉住，在被變成石頭時，伊凡王子把金羽毛一揮，火鳥出現，迫使卡斯奇手下跳著「煉獄之舞」，直到精疲力倦，紛紛倒地。火鳥唱出「搖籃曲」，群魔紛紛入睡，王子在地下的棺木找到鎖著魔王惡靈的魔蛋，奮力搗碎。魔王魔咒解除，成為石像的人都恢復自由。火鳥促成王子伊凡和莎莉芙娜成為戀人，魔法之國成為快樂國度，火鳥飛向天際。

在南榕心目中，長期被戒嚴宰制的台灣也像魔法王國，生活在這個國度的人們沒有真正的自由，民主化不全，在特殊歷史際遇走過來的台灣人被流亡殖民政權壓迫著，在解除黨國桎梏後，必須經由新憲法重新構造，才能成為命運的共同體。

父親在日治時期來到台灣，戰後才因緣際會入籍，母親是基隆人，南榕雖是外省人第二代，但他以台灣人為榮。父親在二二八事件後，曾被以為是外省人而被敵視，但是台灣人幫助他。國族的認同因為外來統治長期化而未能充分形成，是因為憲法的中國意理糾葛，加上殖民意識論不除導致的反抗裂痕。

他拋出「台灣共和國憲法草案」，提供新國家的想像，其實像是火鳥身上的一支羽毛，是生活在台灣，不分先來後到的人民從歷史悲情走出來，共同重建國家的契機。解嚴後仍活在戒嚴體制心態的統治權力無法體會這種契機，只想繼續掌控政權。以涉嫌叛亂治他於罪，其實是想蒙蔽人民的視野，阻隔人民對國家的想像。

他想到美麗島事件後，經由選舉進入政權體系的政治力量，在公職路線和群眾路線的分進合擊，也想到從黨外雜誌到黨禁被突破後的反對運動刊物逐漸式微、弱化，感覺到需要更強烈的文化力量，促成公民更大的覺醒。

也許，被某些人認為是「外省人」，而自認是台灣人的他，可以為建構一個不同於流亡、殖民政權的新國家，作出貢獻。他說的「Over my dead body!」，即是一種宣誓，隱含著某種信念，像火鳥給予王子的一支羽毛，會成為台灣之鑰，開啟新國家的序曲。

如果，他以生命奉獻給堅持百分之百自由的信念，或許會喚醒生活在台灣，經歷長期戒嚴宰制的人們，行動的哲學家必須以行動證明理念的價值。出生於二二八事件發生那年的他，或許有某種原罪，也許他的犧牲會帶來族群政治的新啟示，召喚更多所謂的「外省人」，感動台灣人，共同走向新共同體，台灣正常國家的路。

烈火一瞬間迸發的時候，南榕沒有感到痛，他感覺自己像朵艷麗的花開放，煙霧向窗外飄飛，上升到晴朗的天空，彌漫著。再見了，我所屬的故鄉，我永遠的祖國。我沒有離開，我的靈魂會在天上看到台灣新國家的興起！

國家圖書館出版品預行編目（CIP）資料

火鳥的聖歌 / 李敏勇著 . -- 初版 . -- 臺北市：前衛出版社，2025.04
104 面；13×19 公分
ISBN 978-626-7463-90-1（平裝）

863.57　　114002201

火鳥的聖歌

作　　者　李敏勇
責任編輯　鄭清鴻
封面設計　張　巖
美術編輯　李偉涵

出 版 者　前衛出版社
地址：104056 台北市中山區農安街 153 號 4 樓之 3
電話：02-25865708｜傳眞：02-25863758
郵撥帳號：05625551
購書・業務信箱：a4791@ms15.hinet.net
投稿・代理信箱：avanguardbook@gmail.com
官方網站：http://www.avanguard.com.tw
出版總監　林文欽
法律顧問　陽光百合律師事務所
總 經 銷　紅螞蟻圖書有限公司
地址：114066 台北市內湖區舊宗路二段 121 巷 19 號
電話：02-27953656｜傳眞：02-27954100

出版日期　2025 年 4 月 7 日初版一刷
定　　價　新台幣 250 元
I S B N　978-626-7463-90-1（平裝）
E-ISBN　978-626-7463-91-8（PDF）
978-626-7463-92-5（EPUB）

©Avanguard Publishing House 2025 Printed in Taiwan.

＊請上「前衛出版社」臉書專頁按讚，追蹤 IG，獲得更多書籍、活動資訊
https://www.facebook.com/AVANGUARDTaiwan